Bulgàkov

Comune operaia № 13

versione filologica del racconto

(1922)

a cura di Bruno Osimo

Titolo originale dell'opera: № 13. Дом Эльпит-Рабкоммуна

Traduzione dal russo di Lara Olivero, Nicole Pastore, Denise Pranzo, Francesca Turri, Marta Villa

Bruno Osimo è un autore/traduttore che si autopubblica

La stampa è realizzata come print on sale da Kindle Direct Publishing, Wrocław

ISBN 9788831462419 per l'edizione cartacea

ISBN 9788831462426 per l'edizione elettronica

Contatti
dell'autore-editore-traduttore:
osimo@trad.it

Traslitterazione

La traslitterazione del russo è fatta in base alla norma ISO 9:

â si pronuncia come 'ia' in 'fiato' /ja/
c si pronuncia come 'z' in 'zozzo' /ts/
č si pronuncia come 'c' in 'cena' /tɕ/
e si pronuncia come 'ie' in 'fieno' /je/
ë si pronuncia come 'io' in 'chiodo' /jo/
è si pronuncia come 'e' in 'lercio' /e/

h si pronuncia come ’c’ nel toscano ’laconico’ /x/

š si pronuncia come ’sc’ in ’scemo’ /ʂ/

ŝ si pronuncia come ’sc’ in ’esci’ /ɕː/

û si pronuncia come ’iu’ in ’fiuto’ /ju/

z si pronuncia come ’s’ in ’rosa’ /z/

ž si pronuncia come ’s’ in ’pleasure’ /ʐ/

Sommario

Comune operaia № 13

Era così. Ogni sera la massa grigio sorcino di cinque piani accendeva le centosettanta finestre che davano sul cortile asfaltato con la ragazza in pietra alla fontana. E verdognola, muta, denudata, con la brocca sulla spalla, per tutta l'estate si guardava languida nello specchio rotondo senza fondo. E d'inverno una ghirlanda di neve si sdraiava sui vaporosi capelli di pietra. Sul gigantesco semicerchio liscio vicino agli androni ogni sera le macchine gorgogliavano e fremevano, sulle estremità delle stanghe degli equipaggi risplendevano le signorine lanterne[1]. Ah, quanto era famosa la casa. L'esclusiva casa Èl′pit...

Una volta, per esempio, alle dieci di sera, una macchina da

---

[1] *Fonàriki-sudàriki*, titolo di una poesia di Ivàn Mâtlev (1796-1844), che comincia: «Lanterne-signorine, ditemi, che cosa avete visto, che cosa avete sentito nel silenzio della notte?»

cento cavalli, dopo aver suonato un allegro segnale in maggiore, si fermò vicino al primo portone padronale. Due investigatori, come ombre, saltarono fuori dal terreno e si gettarono nell'ombra, mentre uno sgattaiolò nel portone di servizio, e lì per gradini scivolosi fino al seminterrato del portinaio. Lo sportello della carrozza laccata si aprì e, avvolto in una pelliccia, scese l'ospite d'onore.

Fu ospite nell'appartamento № 3 del generale di cavalleria de Barraine fino alle tre.

Fino alle tre, appoggiato al piedistallo della cariatide grigia, stremato dalla vita da lupo, l'agente era vigile. Un altro fino alle tre fumava sulla rampa semioscura delle scale, ascoltando ora il trillo smorzato dai tappeti della rapsodia ungherese, *capriccioso*[2], – ora violente esplosioni gitane:

Segodnaâ p'ëm! Zavtra p'ëm!
P'ëm my vsû nede-e-lû - èh!

---

2 In italiano nel testo.

Raz... eŝë raz[3]*...*

Fino alle tre il terzo rimase seduto su una bruttura di cotone patchwork nel bugigattolo del portinaio capo. E coni di potente luce bianca restarono accesi nel semicerchio fino alle tre. E di piano in piano, attraverso un telefono invisibile, correva un'orgogliosa voce bisbigliata:

---

3 Beviamo oggi! Beviamo domani! / Beviamo tutta la set-ti-ma-na, eh! / Una volta… un'altra ancora...

Raspùtin è qui. Raspùtin. Il moro proprietario di una cassaforte, venditore di merce viva, Borìs Samójlovič Hrìsti, il più geniale tra tutti gli amministratori di Mosca, dopo la notte da de Barraine sembrò ancora più enigmatico, più arrogante.

Scintille di orgoglio d'acciaio gli apparvero negli occhi neri, e gli appartamenti rincararono in modo spietato.

E al № 2 Hrìsti, ma che Hrìsti... Lo stesso Èl'pìt, che ci fosse tempesta, che ci fosse neve, si toglieva il cappello di astrakan, quando incontrava una donna con la pelliccia di cincillà che scendeva dalla carrozza a specchio. E sorrideva. I conti della donna erano stati pagati da un uomo così altolocato da non avere un cognome. Firmava con il nome con un ghirigoro furbastro... Ma a che serve parlare. Era una casa... Grandi persone, grande vita.

Nelle sere d'inverno, quando il demone, spacciandosi per tormenta di neve, rotolava e ululava sotto le grondaie di ferro dei tetti, gli agili portinai spingevano avanti con scudi i monticelli di neve, ripulivano il cortile fino all'asfalto. I quattro ascensori andavano su e giù senza fare rumore. Mattina e sera, come per incanto, le grigie fisarmoniche di tubi riversavano calore in tutti e settantacinque gli appartamenti. Sulle mensole dei pianerottoli ardevano le lampade... Nelle viscere degli appartamenti bianche vasche da bagno, nelle maestose anticamere semibuie, lucentezza fioca di apparecchi telefonici... Tappeti... Negli studi c'è un silenzio solenne. Massicce poltrone di pelle. E fino ai pianerottoli più alti vivevano massicce persone altolocate. Un direttore di banca, intelligente, un uomo di Stato dalla faccia di Saint-Bris degli Ugonotti[4], solo un po' rovinata dagli occhi strambi, un po' da malato, un po' da criminale, un industriale (notti

---

[4] Opera lirica di Giacomo Meyerbeer, su libretto in francese di Eugène Scribe ed Émile Deschamps, prima il 29 febbraio 1836 all'Opéra de Paris.

ateniesi[5] con fotografie al lampo di magnesio), donne dorate ben nutrite, un fenomenale basso solista di fama mondiale, poi ancora un generale, ancora… E la minutaglia: avvocati giurati in redingote, medici per l'aborto…

Era un tempo grande...

---

[5] Orge.

E non è diventato niente. *Sic transit gloria mundi*![6]

Vivere mentre i regni cadono mette paura. E la memoria stessa cominciava a spegnersi. Mio Dio, ma è successo davvero?.. Un generale di cavalleria!.. Già la parola!

Già... Ma le cose erano rimaste. Non avevano lasciato che nessuno le portasse via.

---

6 In latino nell'originale, «Così passa la gloria del mondo».

Èl'pìt stesso uscì solo con quello che aveva addosso.

Ecco allora che sul portone, accanto al lampione («№ 13» di fuoco) si appiccicò una targa bianca con un'insolita iscrizione: Рабкоммуна[7]. In tutti e settantacinque gli appartamenti comparve gente mai vista. Le pianole tacerono,

---

[7] Rabkommuna, abbreviazione di *Rabóčaâ kommuna*, comune operaia. Abbiamo lasciato i caratteri cirillici, trattandosi di un'iscrizione.

ma i grammofoni erano vivi e spesso cantavano con voci sinistre. Tirarono delle corde da un lato all'altro dei salotti, e sopra ci misero il bucato ad asciugare. Le Primus[8] sibilavano serpentescamente, e di giorno, e di notte, aleggiava per le scale un fumo pungente. Da tutte le mensole sparirono le lampade, e ogni sera arrivavano le tenebre. Al buio

---

8 Stufe a cherosene inventate nel 1892 da Frans Wilhelm Lindqvist, meccanico di fabbrica di Stoccolma.

inciampavano ombre col fagotto e gridavano nostalgiche:

«Magne, oh Ma-agne! Ma dove sei? Al diavolo!» Nell'appartamento № 50 il parquet di due stanze venne bruciato nella stufa. Gli ascensori... Ma d'altronde, a che pro raccontare qui…

Ma ci fu un miracolo: la Comune Operaia Èl'pìt veniva riscaldata.

Il fatto è che in un appartamento del seminterrato, in due stanze, era rimasto... Hrìsti.

Quei tre a cui era toccata la parte del leone dei tappeti della Èl'pìt e che sulla porta di De Barraine, al piano nobile, avevano affisso il brandello di carta: «Direzione», avevano capito che senza Hrìsti la casa della Comune operaia non sarebbe durata nemmeno un mese. Si sarebbe dissolta. E l'uomo d'affari nero opaco con il berretto dalla visiera laccata lo lasciarono dietro le tende verdi nel seminterrato. Una combinazione mostruosa: da un lato, una direzione rumorosa, insensibile, dall'altro – un "guardiano"! E niente po' po' di meno che Hrìsti! Ma era la combinazione più solida del mondo. Hrìsti era proprio l'uomo che, non meno dell'amministrazione, desiderava che la Comune operaia, quella massa grigio sorcino, restasse intatta e non finisse in polvere.

Ed ecco, non solo a Hrìsti non fecero del male, ma lo misero a stipendio. Beh, alquanto insignificante, a dir la verità. Circa un decimo di quanto lo pagava Èl'pìt, che se ne stava senza dare alcun segno di vita in due stanzette all'altro capo di Mosca.

«Al diavolo loro, i gabinetti, al diavolo i fili della corrente elettrica!», diceva Èl'pìt con passione stringendo i pugni. «Basta che funzioni il riscaldamento. Si salvi la cosa principale. Borìs Samójlovič, preservatemi la casa finché tutto questo non sarà finito, e io saprò come ringraziarla! Eh? Si fidi di me!»

Hrìsti si fidava, annuiva con la testa dai corti capelli brizzolati e, dopo avere fatto rapporto, se ne andò cupo e preoccupato. Avvicinandosi, vedeva «direzione» sul cancello e dall'odio socchiudeva gli occhi, impallidiva. Ma solo per un momento. Poi sorrideva. Sapeva sopportare.

E l'importante – è riscaldare. Ed ecco, si procurava gli ordini, e gli portavano la nafta. I tubi si riscaldavano. Dodici gradi, dodici gradi! Se là, da dove ricevevano la nafta qualcosa si inceppava, Èl'pìt pagava fior di quattrini. Gli ardevano gli occhi.

«Va bene… Pago io. Dia entrambi anche al segretario. Cosa? Interrompere? Oh, no, no! Nemmeno per un minuto…»

Hrìsti era geniale. Nel corpo centrale, al quinto piano[9], sull'appartamento in cui un tempo c'era lo studio di un pittore, aveva messo un tabù.

---

[9] I piani in Russia sono numerati comprendendo il piano terreno, che è dunque il primo. Non abbiamo voluto tradurre con «quarto piano», preferendo lasciare questa traccia di esotismo.

«Bisognerebbe sistemarci Niluškin Egór...»[10].

«No, compagni, fate i buoni. Non posso fare a meno di un deposito di servizio. Lo faccio per la casa, lo faccio anche per voi».

In fondo, erano solo cianfrusaglie. Delle stupide decorazioni, ferri da armatura. Ma… Ma c’erano anche trenta bidoni di benzina appartenenti a Èl’pìt e qualcos’altro di

---

[10] Chiamandolo col cognome prima del nome, enfatizzando il registro burocratico.

impacchettato, che Hrìsti conservava per giorni migliori.

E la grigia Comune operaia № 13 viveva controllata da un occhio vigile. È vero, nell'ala sinistra ogni tanto si spegneva la luce... L'installatore, che aveva incominciato a bere nel gennaio del 1918, logoro come un feltrino, l'installatore inferocito urlava alle babe:

«Ah, se crepaste! Sbattete di più la porta vicino al pannello! Cos'è, pensate che io sia ai lavori forzati? Sono straordinari».

E le babe con angoscia e cattiveria urlavano nell'oscurità:

«Magne! Oh, Ma-agne! Dove sei?».

Di nuovo andavano dall'installatore:

«Sei una ca-na-glia! Ubriacone schifoso. Lo diciamo a Hrìsti».

E al solo nome di Hrìsti come per incanto la luce si riaccendeva.

Sissignore, Hrìsti era davvero qualcuno.

Tormentava la direzione finché non nominò Niluškin Egór distaccandolo dal proprio effettivo, con il titolo di «sorvegliante sanitario». Niluškin Egór due volte a settimana faceva il giro di tutti i settantacinque appartamenti. Tuonava con i pugni sulle porte chiuse, mentre in quelle aperte entrava senza troppe cerimonie, anche se c'erano babe nude, strusciava contro le calzamaglie umide e gridava con voce rauca e spaventosa:

«Chi fa cose schifose, fuori in ventiquattr'ore!»

E se beccava qualcuno, si faceva dare dei soldi.

E così vivevano, vivevano, solo che a febbraio, nel pieno del gelo, la nafta si inceppò di nuovo. Ed Èl'pìt non poteva farci nulla. Hanno preso la bustarella, ma hanno detto:

«Ve la diamo tra una settimana».

Hrìsti, a rapporto da Èl'pìt, dichiarò con fatica:

«Ah... Sono così stanco! Se solo sapesse, Adolf Iósifovič, quanto sono stanco. Ma quando finirà tutto questo?»

E qui, in effetti, si poteva vedere che gli occhi di Hrìsti si erano fatti malinconici, tormentati. Hrìsti, l'uomo d'acciaio. Èl'pìt rispose con passione:

«Borìs Samójlovič! Mi crede? Bene, ecco cosa le dico: questo inverno è l'ultimo. E con la stessa facilità con cui fumo questa *papirósa*[11], la prossima estate li sbatto dalla madre del diavolo. Cosa? Si fidi di me. Ma le chiedo solo questo, glielo chiedo davvero, vada lei

---

[11] Sigaretta che al posto del filtro ha un tubo di cartone più lungo di quello della sigaretta, impugnabile anche d'inverno coi guantoni.

stesso a dare un'occhiata questa settimana. Dio ci salvi – le stufe! Questa ventilazione… Ho così paura. Ma che i vetri non li taglino. Non soffocheranno mica per una settimana, vero? Beh, sei giorni forse. Domani faccio un salto di persona da Ivàn Ivànyč».

La sera nella Comune operaia Hrìsti, espirando un vapore biancastro, diceva:

«Beh, ma certo... Va beh, resistiamo. Quattro-cinque giorni. Ma senza stufe... »

E la direzione era d'accordo:

«Certo. Ma è mai pensabile? Non è una canna fumaria. Ci vuole poco a combinare una disgrazia».

E Hrìsti stesso ci andava, ci andava personalmente ogni giorno, soprattutto al quinto piano. Sorvegliava vigile che non mettessero le stufette nere, che non infilassero tubi nelle fessure che guardavano ingannevolmente invitanti dagli angoli delle stanze proprio sotto il soffitto.

Anche Niluškin Egór andava.

«Se qualcuno mi... Queste vostre non sono canne fumarie. In ventiquattr'ore».

Il sesto giorno la tortura divenne insopportabile. Il flagello della casa, Pylâeva Ànnuška, a testa scoperta, gridava nella rampa delle scale a Niluškin Egór che si stava allontanando:

«Canaglie! Sono ingrassati alle nostre spalle! Sanno solo scolarsi il samogón[12]. Ma

---

[12] Distillato casalingo autoprodotto.

quando c'è da occuparsi del riscaldamento – non ci sono! Oh, anime maledette! Che mi venga un colpo se oggi non accendo. Non hanno nessun diritto, di non permettercelo! Quel diavolo guercio (parlando di Hrìsti)! Ha solo una fissa: non affumicare il palazzo… Aspetta il padrone, sappiamo tutto!.. Fosse per lui, uno che lavora può anche crepare!...».

E Niluškin Egór, indietreggiando di gradino in gradino, borbottava confuso:

«Ah, che rompiscatole sta baba... che rompiscatole!»

Ma tuttavia si voltava e rispondeva al fuoco ad alta voce:

«Li accenderò! In ventiquattr'...»

Dall'alto:

«Figlio di cagna! Lo farò saapere fino a Kàrpov! Cosa? Far gelare i lavoratori!».

Non biasimateli. È una tortura – il gelo. Chiunque perderebbe il lume della ragione…

....

....

....

...Alle due del mattino, mentre Hrìsti dormiva, mentre

Niluškin dormiva, mentre in tutte le stanze sotto stracciume e pellicce, rannicchiate come cagnolini, le persone dormivano, nell'appartamento 50, stanza 5, si cominciava a sentirsi come in paradiso. Dietro le finestre nere c'era una tormenta demoniaca, mentre nella piccola stufetta danzava un principino di fuoco, bruciando quadrati di parquet.

«Ah, come tira bene!» si entusiasmava Pylâeva Ànnuška

[13], buttando un occhio ora al bollitore per il tè il cui coperchio sussultava, ora sull'anello nero che sbucava dall'apertura «tira proprio splendidamente! Che schifosi, il Signore li perdoni! Hanno pietà, forse? Beh, non importa. Ormai è cosa fatta».

E il principe danzava, e le scintille sfrecciavano lungo il tubo nero e volavano via nelle

---

[13] Qui il personaggio è chiamato con cognome-nome, formula che ne rivela il basso registro discorsuale.

fauci misteriose... E lì nelle nere torsioni dello stretto condotto di ventilazione foderato di feltro... E poi verso la soffitta...

Per prime brillarono le tremolanti torce dell'Arbàtskaâ [14]... Hrìsti con una mano strappò la cornetta del telefono dal gancio, con l'altra lacerò la tendina verde...

---

[14] Sottinteso: la squadra dei pompieri dell'Arbàt.

«...Passami la Prečìstenskaâ[15]! Regina dei cieli! Compagni!! Novecentotrenta persone si svegliarono contemporaneamente. Guardano – con un tremolio serpentesco i vetri si sono fatti di sangue. Santi protettori! Che u-urla! Le porte cominciarono a sbattere come mitragliatrici, a

---

[15] Nome di uno dei lungofiumi di Mosca.

intermittenza… «*Bàryšnâ*[16]! Oh, *bàryšnâ*!! Uno – oh – ventidue... diciotto. 18… Passami la Krasnoprésnenskaâ [17]!...»

...A cascate dal quinto piano si riversavano giù per i gradini.

---

[16] Il modo di rivolgersi alla centralinista è ancora quello prerivoluzionario, «signorina di buona famiglia», non la chiama «compagna».

[17] Altro lungofiume di Mosca con relativa stazione dei pompieri.

Nelle trombe delle scale, negli ascensori, un Niagara fino al seminterrato. «A-iu-ta-te-ci!... Dammi la Hamóvničeskaâ[18]!!»

Eh, bravi i pompieri! Impavidi cavalieri con elmetti oro-sangue, vestiti di iuta. Svolgevano le scale, le grigie manichette strisciarono come boa. Dio! Tua madre! Strappavano le lamiere di ferro con i ganci. Battevano con terribili colpi d'ascia, come in

---

[18] Altro quartiere di Mosca con relativa stazione dei pompieri.

battaglia. I getti d'acqua fischiavano a destra, a sinistra, nel cielo. Madre! Madre!! E frastuono, frastuono, frastuono. Dopo venti minuti, la Gorodskàâ[19] con scintille, con luci, con caschi...

Ma la benzina, *golùbčiki*,[20] la benzina! La benzina! Sono

---

19 Altro reparto di pompieri moscoviti.

20 «Colombelli», ma in russo modo per trattare affettuosamente qualcuno.

scomparsi i *golovùški gór'kie*[21], la benzina! Accanto a Pylâeva Ànnuška, della stanza 5. Un colpo: bam. Un altro: b-bam!

... E ancora molti, molti colpi...

E lì ormai in modo del tutto minaccioso, ma non il principino, bensì il re del fuoco, attaccò una rapsodia. E non un *capriccio*, ma un terribile

---

[21] «Testoline amare», ma qui riferimento a una canzone cosacca.

brioso[22]. La Srétenskaâ dal vicolo – for-za!! Alle pompe, alle pompe! E il fuoco rispose alla Srétenskaâ – con un colpo a salve! Risuonò così forte che nell'ala sinistra in un batter d'occhio non rimase nemmeno un vetro. Nel corpo centrale un abisso di fuoco, mentre sopra l'abisso come farfalle-mantelli-del-lutto si misero a volare lamiere di ferro.

Gli elmetti di rame presero d'assalto l'ala sinistra, ma in

[22] In italiano nel testo.

quella di mezzo il demone soffiava così tanto, che al quarto piano, alla numero 49, nonna Pàvlova, che vendeva caramelle mou, non trovava più via d'uscita! E, con l'ululato di chi si prepara a morire, la nonna volò fuori dalla finestra, in un balenare di gambe gialle nude. Ambulanza! 1-22-31!! Per una schiacciatina sanguinolenta! Santi numi! Vànûška è andato a fuoco! Vànûška!! Dov'è il paparino? Oh! Oh! La macchina, la macchina! Quella da cucire, bontà divina! Dei fagotti giù dalle finestre fin sull'asfalto patapu-um! Fermi! Non buttatela! Compagni!.. E dal quinto piano, nell'ala destra, in un fagotto con servizio di piatti, undici pezzi in faenza di un'ex borghese, che gran fracasso! Un attimo prima c'era Niluškin Egór, e quello dopo Niluškin Egór non c'era più. Al posto della testa di Niluškin c'era una poltiglia, al posto della faenza – cocci in un lenzuolo. Compagni! Oh! Ci siamo dimenticati di Tàn'ka!.. Cordonate il vicolo! Arretrate! Indietro! Tua madre! Dio!

Una scarica elettrica colpì uno degli impavidi cavalieri nel seminterrato. Un altro morì di una morte gloriosa nel rigagnolo di benzina che precipitava giù tra leggere fiamme feroci. Una trave cadde, colpì e ruppe a un terzo la colonna vertebrale.

Con un samovàr in una mano, nell'altra l'immagine di un sereno vecchietto bianco, Serafìm Saróvskij[23], in una *riza*

---

[23] 1754-1833, ieromonaco del monastero di Saróv, fondatore

[24] d'argento. Con solo una camicia addosso. Strilli, strilli. Nello strillo le asce tintinnano, tintinnano. Arretrare!! Il soffitto! Come crolla, crolla dal terzo al secondo, dal secondo al primo piano.

E qui è già l'inferno. Puro inferno. Dal corpo centrale il fuoco sgorga così violentemente da far rizzare i

---

del Monastero Serafimo-Divéevskij.

[24] Placca di metallo sulle icone che lascia scoperti solo il viso e le mani.

capelli. Gli ultimi vetri, i più lontani – crash! Crash!

Gli addetti alle manichette soffocano nel fumo, barcollano, la pressione gli strappa le lance di mano. Avanti la riserva! Ma che – riserva! Non ci si può avvicinare al corpo centrale neanche a dieci braccia! Ti scoppiano gli occhi…

Per la prima volta nella sua vita Hrìsti piangeva. Il brizzolato uomo d'acciaio, Hrìsti. Accanto a un tronco umido nel piccolo giardino sul vicolo, dove c'era abbastanza luce per poter leggere anche una scrittura minuscola. La pelliccia pendeva da una spalla, e a Hrìsti si vedeva il petto nudo. Ma non faceva freddo. E il volto di Hrìsti divenne come se lui stesso bruciasse nel fuoco, ma fosse muto e non potesse gridare. Continuava a guardare, senza distogliere lo sguardo, dove, attraverso le ombre nere che si sparpagliavano, erano visibili i volti immobili fiammeggianti delle cariatidi. Le lacrime scivolavano lente lungo le guance bluastre. Non le asciugava con la mano e continuava a guardare e guardare.

Scosse la testa soltanto una volta, quando Èl'pìt gli toccò la spalla e disse con voce rauca:

«Beh, ormai che cosa dobbiamo... Andiamo, Borìs Samójlovič. Prenderà freddo. Andiamo».

Ma Hrìsti scosse di nuovo la testa.

«Cominci ad andare… Arrivo subito».

Èl'pìt annegò tra le ombre, tra le torce, strisciando i piedi sulla neve che si scioglieva, facendosi strada verso il cocchiere. Hrìsti rimase, volse solo lo sguardo al cielo che si faceva pallido, sul quale ondeggiava, distendendosi, la calda belva arancione...

...Anche Pylâeva Ànnuška guardava la belva. Con sospiri e gemiti soffocati, lei correva nei silenziosi vicoli nevosi e il suo viso, per la fuliggine e le lacrime, sembrava quello di una strega.

Un po' sussurrava qualche sciocchezza:

«Mi condanneranno... Mi condanneranno, *golovùška gor'kaâ...*»[25]

Un po' singhiozzava.

Già da tempo ormai, da tempo sono rimasti indietro sia l' ululato, sia il grido, sia le persone nude, e i terribili lampi sugli elmetti. Nel vicolo era tranquillo, e c'era una spolverata di neve. Ma la pancia della belva ciondolava ancora nel cielo. Tutto tremava

---

25 «Testolina amara», ma qui riferimento a una canzone cosacca.

e si riversava. E così si tormentò, si disperò, Pylâeva Ànnuška, al triste pensiero della "disgrazia", per questo infuocato riflesso-pancia, che si spargeva trionfale in cielo... si tormentò così tanto, che sopraggiunse in lei una calma ottusa e, soprattutto, per la prima volta in vita sua, le fu tutto chiaro.

Fermandosi per riprendere fiato, urtò un gradino, si sedette. E le si asciugarono le lacrime.

Appoggiò la testa e per la prima volta nella sua vita pensò nitidamente:

«Siamo gente buia. Siamo bui. Devono istruirci, noi stupidi...»

Ripreso fiato, si alzò, si incamminò ormai lenta, senza guardare la belva, ma solo continuava a spalmarsi la fuliggine sul viso, tirava su con il naso.

E la belva, come il cielo divenne pallido, lei stessa iniziò a impallidire, ad annebbiarsi. Si annebbiò, si annebbiò, si restrinse, si attorcigliò in fumo nero e svanì del tutto.

E nel cielo non rimase alcun segno del fatto che era andato

in fumo il famoso civico № 13
Casa Èl’pìt-Comune operaia.
1922

Postfazione

Il racconto, che ha come titolo completo «№ 13. Casa Èl'pìt-Comune operaia», è stato scritto da Bulgàkov nel 1922, all'età di trentatré anni. Contiene già il motivo dell'"appartamento malvagio", poi sviluppato nel *Maestro e Margherita*.

Prima del regime bolscevico, la casa di appartamenti situata al civico 13 di via Bol'šàâ Sadóvaâ a Mosca apparteneva al signor Èl'pìt. Anche gli inquilini erano benestanti: un direttore di banca, un industriale, un cantante lirico, basso, un generale, giudici, medici. L'amministratore, Hrìsti, gestiva lo stabile in maniera impeccabile e tutto funzionava alla perfezione.

Il racconto descrive l'avvicendarsi dei due regimi. Il 1922 è l'anno in cui si conclude la guerra civile che durava dal 1917, anno in cui i bolscevichi avevano preso il potere. Sul portone dell'edificio compare il cartello «Comune operaia», che induce molti inquilini "borghesi" a trasferirsi altrove. Nelle antiche stanze "nobili" con arredamenti costosi e finiture di lusso si stende la biancheria ad asciugare e si installano economiche stufe a cherosene Primus. Il padrone di casa – trasferitosi all'altro capo della città – chiede a Hrìsti di restare a fare l'amministratore. Si noti che il cognome del padrone di casa Èl'pìt alle orecchie di un russo suona ebraico, e contiene la sillaba «El», che in ebraico significa «Dio». Invece con l'amministratore ovviamente si richiama il nome di Cristo. Questo gioco di rimandi sarà ancora più esplicito nel romanzo più noto di Bulgàkov.

Il prototipo reale della casa è in via Bol'šàâ Sadóvaâ 10, dove, appena trasferito da Kiev, l'autore empirico Bulgàkov occupava l'interno 50. Il cantante lirico è un'allusione-citazione di Fëdor Šalâpin, celebre basso d'opera. Niluškin è invece una caricatura del militante comunista ignorante e ottuso. Ànnuška (materialmente responsabile dell'incendio) la ritroviamo nel *Maestro e Margherita* come colei che rovescia l'olio di girasole che farà inciampare e finire sotto il tram Berlioz. Il diavolo che incendia la casa è impersonato dall'ignoranza popolare, che in russo qui si chiama *temnotà* (oscurità). Verso la fine Ànnuška dichiara: «Siamo gente buia. Siamo bui. Devono istruirci, noi stupidi...»

Il tema è proprio la distruzione del mondo borghese, la morte della vecchia Russia. L'incendio finale è simbolico della catastrofe rappresentata dal regime bolscevico.

Bulgàkov allude a tutto questo, e ci raffigura la Storia con la S maiuscola attraverso la microstoria del palazzo Èl'pìt. La sua scrittura è piena di simboli, incantesimi, magie, che volutamente non sono spiegati, ma solo raccontati. A chi traduce verrebbe spontaneo riempire i vuoti logici con spiegazioni e giustificazioni, come quando si racconta un sogno e ci si sente in obbligo di spiegare i salti da un piano di realtà all'altro.

Nella nostra versione abbiamo cercato di astenerci da questo tipo di "copertura logica". I traduttori sono mediatori linguistici, sono mediatori culturali, ma non devono essere anche mediatori logici. Il lettore italiano non ha un quoziente intellettivo diverso da quello russo. La prosa frammentaria di Bulgàkov può piacere o non piacere, ma normalizzarla non avrebbe senso. Tradurre non significa omologare un testo agli standard di un'Estetica Benaccetta all'interno di una Cultura ricevente, o perlomeno non lo significa qui e ora.

Ci auguriamo che questa edizione, che contiene solo questo racconto per evitare la confusione e la banalità delle pubblicazioni in cui opere diverse – sotto la dicitura «e altri racconti» – vengono messe insieme solo per soddisfare determinate esigenze di packaging e di marketing, possa trovare il riscontro positivo delle lettrici e dei lettori.

Dello stesso editore

Poesia

Osip Mandel'štàm, Pietra (edizione cartacea: La Vita Felice)

Osip Mandel'štàm, Tristia. Secondo libro (edizione cartacea: La Vita Felice)

Osip Mandel'štàm, Quaderni di Mosca (edizione cartacea: La Vita Felice)

Anna Achmàtova, Stormo bianco (edizione cartacea: La Vita Felice)

Anna Achmàtova, Rosario (edizione cartacea: La Vita Felice)

Anna Achmàtova, Sera (edizione cartacea: La Vita Felice)

Anna Achmàtova, Tutte le poesie

Marina Cvetàeva Mestiere (edizione cartacea: La Vita Felice)

Marina Cvetàeva Accampamento dei cigni-Separazione (edizione cartacea: La Vita Felice)

Marina Cvetàeva Verste. Poesie 1916-1920 (edizione cartacea: La Vita Felice)

Marina Cvetàeva È ora di spegner la lanterna. Ultime poesie 1936-1941

Aleksandr Blok Bolle di terra - Viola notturna - Maschera di neve

Aleksandr Blok Crocevia (edizione cartacea: La Vita Felice)

Aleksandr Blok Città (edizione cartacea: La Vita Felice)

Aleksandr Blok Poesie sulla bellissima dama

Aleksandr Blok Ante Lucem

Dino Campana Tutte le poesie

Vladìmir Majakovskij Tutte le poesie (1912-1930)

T.S.Eliot Canzone d'amore di J. Alfred Prufrock

Cantico dei cantici

Bruno Osimo Spazio intorno allo squalo

Bruno Osimo Poesie dall'ospedale psichiatrico

Bruno Osimo Poesie apocrife di Anna Ahmàtova

Bruno Osimo A Silva

Bruno Osimo Per tenerti la mano tra coyote e cinghiale

Bruno Osimo Sguardi rubati ; Gianpaolo Tescari

Bruno Osimo Bolle d'accompagnazione

Bruno Osimo Proposta sibillina

Bruno Osimo Ce l'hai scarico da un pezzo

Bruno Osimo Sei un vaso di fiori di campo

Bruno Osimo La scoiattola d'autunno

Semiotica

Bruno Osimo Semiotica semplice

Bruno Osimo Semiotics for Beginners

Bruno Osimo Semiotica per principianti

Lev Vygótskij, Pensiero e parola

Charles Sanders Peirce Filosofia della mente

Jurij Lotman Il testo nel testo

Jurij Lotman Le tre funzioni del testo

Jurij Lotman Autocomunicazione: «Io» e «Un altro» come destinatari

Jurij Lotman Le mie memorie 1922-1940

Jurij Lotman La semiosfera: culture

Jurij Lotman La cultura e l'intelligentnost'

Jurij Lotman Il ruolo dell'arte nella cultura

Jurij Lotman Asimmetria e dialogo

Jurij Lotman Il modello della struttura bilingue

Peeter Torop La semiotica della cultura. Introduzione alla scuola di Tartu fondata da Lotman.

Peeter Torop Biografia privata di Lotman attraverso gli autoritratti. Il discorso interno di uno studioso

Peeter Torop La transmedialità

dell'autocomunicazione della cultura

Peeter Torop Sugli inizi della semiotica della cultura alla luce delle tesi della scuola di Tartu-Mosca

Opere di Gógol'

La lettera scomparsa

Notte di maggio ovvero L'annegata

La sera della vigilia di Ivàn Kupàla

La fiera di Soróčinci

Memorie di un pazzo

Opere di Solženìcyn

L'arresto. Vivere e morire ai tempi dei gulag

L'istruttoria. Torture, false confessioni, gulag

Storia delle fogne russe. Ondate di deportazione in gulag

La donna in lager. Vita quotidiana nei gulag

Opere di Čechov

Dùšečka

Zio Vanja

Tre sorelle

Il gabbiano

Il giardino dei ciliegi (L'amareneto)

L'insegnante di lettere

Dama con cagnolino: racconto

Casa con mezzanino (racconto di un pittore)

Racconto della signora X

L'isola di Sachalìn

La dacia nuova

A proposito dell'amore

I mužikì

Alle feste di Natale

Per affari di servizio

Nel baratro

Tre anni

Il duello

Ionyč: racconto

L’arciereo: racconto
La sposa: racconto
Kaštanka: racconto
Ragazzi: racconto
Principessa: racconto

Opere di Tolstój

Imparare a scrivere dai bambini
Infanzia
Non uccidere nessuno
Non posso stare zitto
Contro la pena di morte
Su ciò che viene chiamato «arte»
Il Vangelo spiegato ai bambini
Il parassitismo

Sonata «Kreutzer»
Il desiderio sessuale
Religione e morale
Perché la gente si droga?
Perché non mangio la carne

Opere di Dostoevskij

Notti bianche
Memorie dal sottosuolo
Il villaggio di Stepànčikovo e i suoi abitanti

Opere di Leskóv

L'ebreo in Russia
Il pellegrino incantato. Il mancino
L'angelo sigillato. L'ebreo in Russia

Opere di Bulgàkov

Comune operaia № 13
Il mago nero
Ho ucciso e altri racconti

Opere di Pùškin

Evgénij Onégin

Fiabe popolari

Sivko-burko
Fiaba su Ivàn-zarévič, sull'uccello-brace e sul lupo grigio
Vasilìsa la bellissima. La sorellina volpina. Ivàn Zarévič

Peeter Torop Total Translation

Vlahov Florin The Translation of Realia

B., S.A. Osimo Cognitive distortion, translation distortion, and poetic distortion as semiotic shifts

Bruno Osimo On Psychological Aspects of Translation

Bruno Osimo Literary translation and terminological precision: Chekhov and his short stories

Bruno Osimo Basic notions of Translation Theory

Bruno Osimo Translation Studies. Contributions from Eastern Europe

Bruno Osimo Handbook of Translation Studies

Bruno Osimo Juri Lotman's Translation Handbook

Bruno Osimo Dictionary of Translation Studies

Bruno Osimo History of Translation

Bruno Osimo Roman Jakobson's Translation Handbook

Bruno Osimo The Translation of Culture

Bruno Osimo Prototext-metatext translation shifts

Anton Popovič La scienza della traduzione

Peeter Torop La traduzione totale

Aleksandar Lûdskanov Un approccio semiotico alla traduzione

Vlahov Florin La traduzione dei realia

Revzin Rozencvejg Manuale di semiotica della traduzione

Jiří Levý La creatività linguistica e letteraria del traduttore

Jiří Levý Stile letterario e stile traduttivo. Come si forma il traduttese

Zuzana Jettmarová Teoria ceca della traduzione

B., S.A. Osimo Distorsione cognitiva, distorsione traduttiva e distorsione poetica come cambiamenti semiotici

Bruno Osimo Manuale del traduttore di Giacomo Leopardi

Bruno Osimo Peeter Torop per la scienza della traduzione

Bruno Osimo La traduzione totale. Spunti per lo sviluppo della scienza della traduzione

Bruno Osimo Teoria della mediazione linguistica

Bruno Osimo Traduzione come metafora, traduttore come antropologo

Bruno Osimo La memoria della cultura: traduzione e tradizione in Lotman

Bruno Osimo Traduzione e nuove tecnologie

Bruno Osimo Terminologia semiotica e scienza della traduzione

Bruno Osimo La lingua non salvata

Bruno Osimo Traduzione giuridica e scienza della traduzione

Bruno Osimo Traduzione della cultura

Bruno Osimo Traduzione letteraria e precisione terminologica

Bruno Osimo Traduzione e qualità

Bruno Osimo Traduzione: aspetti mentali

Bruno Osimo La traduzione totale di Peeter Torop

Fuori collana

Federico Bario Come batteva il tamburo

Aleksandr Ânov Le origini dell'autocrazia

Anatolij Rybakov Gli anni del grande terrore

Raffaello Giovagnoli Spartaco

Mihail Arcybašev Sangue

Mikhail Artsybashev Blood

Julija Voznesenskaja Decamerone delle donne

Solomon Volkov Pietroburgo. Storia culturale

Solomon Volkov Šostakovič e Stalin: l'artista e lo zar

Howard Rheingold Comunità virtuali

Bruno Osimo Il poeta in affari veniva da molto lontano

Bruno Osimo Esercizi di stile traduttivo

Bruno Osimo Melanzane dall'antipasto al dolce

Bruno Osimo Dizionario di psicoanalisi

Lucilla Porta, Una sorta di affetto. Romanzo

Tamara Nigi, Stazioni di transito. Haiku scritti sull'acqua

Poesia nascosta. Seicento ricette di cucina ebraica in Italia

Graziella Colonna, Memorie 1927-2024

www.ingramcontent.com/pod-product-compliance
Ingram Content Group UK Ltd.
Pitfield, Milton Keynes, MK11 3LW, UK
UKHW012253290726
14090UKWH00016B/614

9 788831 462419